もくじ

大きな食器棚

春の日、おばあちゃんはしんだ。

桜の花びらが道路にくるくると舞って、しわしわの柔らかな葉っぱが枝に輝く日、おばあちゃんは煙になった。

おばあちゃんの名前は、はるといった。ああ、だからおばあちゃんは春の日にしんだんだ、きっと。

まっさおな空にまっすぐと伸びていく煙を見ながら、私は気持ちが久しぶりにまあるくなった。ついさっきまでは、涙が止まらなかったというのに。

おばあちゃんはひとりで小さな家に住んでいた。お父さんもお母さんも私たち孫も、時どきその小さな家に出かけた。草色の扉を開けると、おばあちゃんの家の匂いがした。それをなんて言ったらいいだろう。木と土とお砂糖が混ざったような淡い匂い。ひだまりの匂い。それはまるでおばあちゃんそのもののようで、扉を開けてその匂いに包まれると、なんだか懐かしい気持ちになった。

おばあちゃんの家で、私が一番好きな場所は、食堂だった。

こぢんまりとしたキッチンと冷蔵庫が隅っこにあって、部屋の真ん中には大きな木のテーブルが置いてあった。

「こんな大きなテーブルで、ひとりでご飯を食べてさびしくないの？」

小学生だった私は、おばあちゃんに聞いた。

「五十年以上もこのテーブルと一緒に暮らしてきたんだよ。この口の中に入った食べ物のほとんどは、一度はこのテーブルの上で器に盛られたものばかり。今さらそれはやめられないね」

と、ちょっといばっておばあちゃんは言った。その上、

「明希《あき》の母さんや伯父さんも、みんなこのテーブルでご飯を食べて大きくなったんだからね」

そう言うときのおばあちゃんは、トランプの切り札を持っているように自信たっぷりだ。でも、本当の切り札が詰まっているのは、その部屋にある大きな食器

棚の中だっていうことを、私は知っていた。摘みたてのヨモギでお団子を作ってくれたとき、花氷を浮かべた麦茶を出してくれたとき、ほくほくの栗ご飯を炊いてくれたとき、ひとかけの柚子をのせてお雑煮を美しく盛ってくれたとき。

お茶を淹れたり、食事を用意したりするときのおばあちゃんの姿。今でもはっきりと心に映し出すことができる。器がたっぷり詰まった食器棚の前に立って、背筋をしゃんと伸ばし、どの器を使おうかな、と少し考えるような仕草をする。それはいたずらっこのようでもあり、なんだかおすましのようでもあって、しっかり者のおばあちゃんがとても可愛らしく見えたのだ。

おばあちゃんは器のお店を開いていた。

器といっても、作った人が誰だかわかるものばかりで、陶磁器やガラス、木や金属で一つひとつ丁寧に作られたものだった。他にも草木染めや手織りの布、手作りのホウキや刺し子の布といった工藝品と呼ばれるものを、作った人から集めてお店に並べていたという。私が小さい頃にはやめてしまっていたから、そのお店を私は見たことがない。でも私は、なんだかそこに行ったことがある気がしてならない。

おばあちゃんが煙になってしまった日、家族でおばあちゃんの家に行った。草色の扉を開けると、変わらずおばあちゃんの家の匂いがした。そのとき、私は少し泣いた。そしていつものように、まっすぐ食堂に向かった。がらんと静まった部屋には、おばあちゃんはいない。何も変わっていない家具やじゅうたんや器に囲まれて、その持ち主のおばあちゃんだけが、ここにいない。買い物に行ったり、旅行に出かけたりしたのではないから、ずっといないままなんだ。そう気づいてしまうと、許せないような、認めたくないようなやるせなさに押しつぶされて、涙が止まらなくなった。

テーブルにつっぷしたまま眠ってしまった私に、お母さんがブランケットを掛けてくれた。しばらくまどろんでいると、テーブルの木目や傷が目に留まった。木の優しい感触と、お母さんが掛けてくれたブランケットの柔らかさに包まれていると、そのままずっとこうしていたかった。

頬に触れるブランケットは、おばあちゃんのお気に入りのものだった。夏以外はいつもこの部屋にあって、おばあちゃんや私たちのひざ掛けにもなった。それはだいぶ古いもののようで、くたっとしていた。けれどその柔らかな感触が私は大好きで、そう伝えたことがある。するとおばあちゃんは目を細めて、

「そう思うかい、明希もなかなかうれしいことを言ってくれるね」

と微笑んだ。そして、おばあちゃんはこのブランケットを作った人のことを話し始めた。

羊の毛を洗って、糸車で紡いで糸にすること。その糸を機《はた》にかけて織りあげていくこと。機からおろして房を作ったり、洗って形を整えたりすること。

今ここにあるブランケットを、誰かがそんなふうにして作ったなんていうこと

を、私は今まで考えたこともなかった。ブランケットを織った人が作ったものを、おばあちゃんのお店ではずっと売っていたんだよ、と聞いて驚いた。お店で売っているものは、機械や会社で作ったものばかりだと思っていたから。

それからは、おばあちゃんの家に行く楽しみがもっと増えた。ブランケットだけではなくて、木のテーブルや木の椅子、ランプシェードを作った人のことを、おばあちゃんは聞けば何でも話してくれた。話し出すと尽きなかった。特に食器棚を開けると、その中のどれもが物語の主人公になった。艶々のお椀や、しっとりとした木のサラダボウル、鈍く輝く銅のカップに、動物の絵が描かれたお皿。薄くはかなかったり、ぽってりとした厚みだったりするガラスのコップ。そのどれもが誰かの手によるもので、作った人のこと、作られた器のことを聞くと、目の前のものとぐんと親しくなれた気がした。

大きな食器棚に詰まった、人の手による仕事から生まれたものたち。次はどんなお話と出会えるんだろう。まだ物語は終わっていないのに、おばあちゃんは、空にまっすぐ消えていった。

漆のご飯茶碗

いっときはこの食器棚の中に、私たちは四つでおりましたのよ。黒いのがふたつに、赤いのと茶色いのがひとつずつ。

黒と赤はひと椀ずつ、最近この棚から持ち主と一緒に旅立ちました。そう、息子さんと娘さん。結婚をしてこの家から巣立つときに、当たり前のように、この棚から自分の器を連れていきましたのよ。

私はご飯茶椀。漆《うるし》で塗られた木のお椀。お椀はよく汁ものを盛るのに使われますけれど、はるさんは漆の器でご飯を食べるとおいしいからと、家族でそうしていたんです。炊き立てのお米がさらっと立つみたいだって。

それとね、はるさんが漆の器を使うのが好きだったのは、実は洗うのが好きだったのかもしれない、なんて思ってもいましたの。食事が終わると私たち漆器《しっき》だけを先に、水やお湯でささっと洗って、使い込んだ晒《さらし》ですぐに拭いてくれました。けっこう面倒くさがり屋さんなのに、これだけは楽しそうに続けていましたね。洗うたびに、艶めくようでうれしいって。そんなお母さんを見ていたから、息子

さんも娘さんも、小さい頃から習慣のように同じことをしていましたよ。
もっとも、家族四人のお椀がお揃いかっていうと、それは違いましてね。私ははるさんが結婚する前から使ってもらっていましたし、今も隣にいるたっぷりとした黒いお椀は、はるさんが旦那さんのお誕生日プレゼントに選んだものでしたから。そして、もうこの食器棚からいなくなった赤と黒のお椀は、はるさんの親友が子どもたちの出産祝いに贈ってくれたものですの。

私を作った人は……と思い出して、いったいそれは誰？とあらためて考えてしまいました。私ははるさんのお店で売られていたのですけれど、そこではこの漆を塗った人の名前が示されていました。でも思えば、木から挽き出してお椀の形にしてくれた人や、もっといえば木を育てた人、伐採した人、漆を木から掻《か》き出してくれた人（漆液を採取することを掻くっていうんです）、特殊な形の刃物や刷毛を作る人、それから、それから、たくさんの人の手で、今、ここにいるんだって思うんですよ。ええ、実は私を塗った人が、いつも心にそう思いながら仕事をしていたからなんですけれど。

漆を塗る人、塗師《ぬし》と呼ばれるその人は、こうも言っていました。ただただ塗る仕事を続けていると、ふっと無心になれる瞬間が訪れるって。そんなときこそ、いい塗りができるんだって。私にはわかりますよ。一見、赤や黒や茶色に塗られた漆の器は同じようだけれど、心がざわざわしたときに塗られると、器までざわざわしてしまうって。それに、単純にただざらりと、そう、塗られたってことさえわからないほど、さりげない姿にしてもらうには、うんと修業をして、塗る技術をあげないといけないものなんですの。

私を塗ったのは修業を積んだ腕のいい人だったけれど、それでも、無心になれるのは、いつものことではなかったみたい。でも、今はどうでしょう。無心でいる、なんてことさえ意識しないほど、無心に塗っているんじゃないかしら。さりげないけれど、ふとしたときに心震えるくらい美しいと思ってもらえるもの。毎日使う器でそんなものを作りたいって願っていた人にとって、私はよく出来たものだったのでしょうか。

私や仲間がお店にいたとき、はるさんは、漆のことをお客さんにこんなふうに話していました。

「樹木で木偏ではなくてサンズイなのは、漆だけなの」

たしかにこの食器棚の楢《なら》も、テーブルの楓《かえで》も、私のからだの栃の木も、みんな木偏。なのに、漆だけがサンズイでしょう。水が滴る木という意味を表すこの字は、まさに漆の木のことを言い得ているんですの。

私に塗られた漆を木から取り出したのは、実は塗ったその人でした。これは珍しいことなんですよ。その人は少年の頃から漆に興味があって、高校、大学でも漆を学んで、卒業してから塗師に弟子入りをしたんですの。その後、ご縁が熟して漆掻きの修業もしたんです。

雪がない季節、漆の木をめがけて山に入って、木肌に傷をつける。木がその傷を治すために滲み出す液を掬《すく》う。傷をつけて、掬う。その繰り返しが漆掻きの仕事。青年になったその人は、カンナやヘラといった独特な形をした道具を携えて山に入るとき、狩りに向かうような気持ちになったんですって。収穫ではなくて収獲。樹液をいただくと決めた木に傷をつけ、滲み出た液を掻き掬っては、タカッポ*と呼ばれる桶に樹液を溜めていく。それは木という生き物を尊びながらも、そのいのちをいただく切なくも力強い仕事なんですの。一日、五十本の漆の木。そこに十の傷をつけては順繰りに漆を採っていく。精一杯掻き出しても、コップ一杯ほどの漆しかタカッポに溜まらないような日もあって。

一本一本の気性の違い、一日一日の気候の違い。炎天下の汗、不慣れでこぼしてしまった漆、熊の気配。同じことの繰り返しのようで、同じことがない自然の豊かさと怖さを知るほどに、まるで木の血潮のようなその液が、ずしりとありがたく思えてきて、漆にまつわる仕事への気持ちがますます育まれていったのですって。


漆器と呼ばれる私たち。その姿は凛としてとっつきにくそうに思われがち。けれど、実は生々しい樹木のいのちと、それを活用しようと模索し続けてきた人の営みの果ての姿なんですの。縄文の時代から人の手を通してつながってきた漆。そのことをあえて言わないところが、上品に見えるところかしらね。

ところで、私の色は「溜め」と呼ばれているんです。赤でも黒でもなくて、漆の樹液本来の色。飴のような艶やかな茶色。うっすらと木地の木目を見せているのも一味になっていますでしょ。長い年月、はるさんに使われて、ますます艶々にしてもらいましたよ。

私を作った人は……と、また思い返して、そこには、はるさんもいることに、今ようやく気づきました。毎日、おいしいご飯を盛ってくれたこと。すっきり洗ってさっぱり拭いてくれたこと。笑顔で食器棚にしまってくれたこと。

「僕が塗ったあとは、使う人が器を育ててくれる」

塗師の言葉の意味、今は、はっきりとわかります。

食器棚の中にふたつになった私たちですけれど、思ったほどはさびしくなりませんでした。黒と赤を艶々に育てた息子さんと娘さん。今頃はきっと、それぞれに作った家族で、新たなお椀を加えて艶々にしているだろうと思いますから。はるさんの孫たちが、きゅっきゅっとお椀を拭いている姿。想像するだけで幸せな気分になりますもの。

*タカッポ　搔き採った漆液を溜める桶。朴《ほお》の皮で作られる。カキタルともいう。

兎が走る絵皿

僕は六寸皿。五枚揃って食器棚の中にいる。はるさんが一番手に取りやすい中段の前方が定位置。花形ポジションともいえるこの位置を二十年以上守っている。とはいえ、出たり入ったりしているから、落ち着かないけどね。我ら五人衆、いや五羽衆は働き者だから。

朝は果物が盛られることが多いかな。イチゴ、キウイ、ブドウ、イチジク……。果物の瑞々しい色は、僕らの白い磁器の肌によく似合うんだ。

おやつの時間もたくさん働いた。はるさんの家はいただきものが多い家だったから、洋菓子、和菓子、日本中のお菓子を僕らはのせることができたんだ。もちろん、はるさんお手製のスイートポテトやパウンドケーキは常連さんだったしね。

晩ご飯では、取り皿として木のテーブルの上によくのせられた。はるさんの家では大皿に盛られた料理を、家族が銘々に取り分けていたからね。でも、毎日出番があったわけではないんだ。同じような大きさの陶器や漆の器も同じ段でスタンバイしていたから。はるさんはその日の気分で、僕らを食器棚から出したり、他の器にしてみたり。そこに法則はないみたいで、この料理にはこの器、と決めつけたりしなかった。暖かかった日、凍えた日。華やかなおかずの日に、残り物を並べた日。毎日どこかが違う食卓の巡り合わせの中で、選ばれる器も日々いろいろ。家族のご飯は、法則がないから飽きないんじゃないかな。これは二十年以上働いてきた、僕のささやかな気づきなんだけど。

ところで僕らを作った人は、陶芸家の満さん。みつるさんていう名前だけれど、〝まんさん〟と呼ばれていた。

満さんは古い時代の器が好きでね。美術館や骨董屋さんを巡っては、気に入った古い器の前でずっと立ち尽くしているような人だった。手に触れられるものであれば、器を掌に包み込むようにしてじっとしている。そして、絵付けがされていれば、目で、心で、筆のあとをなぞるように見つめていた。

時が経ってもこんなに生き生きとしている器、本当に不思議だ。形も色もなんて美しいんだろう。窯から出たときの瑞々しさと、日々使われることで重なる風格のような佇まいが、得も言われぬ静かな輝きになっている。そして、その輝きはまだこれからも増していく予感がある。

僕もこんな仕事をしていきたい。作ったあと、そして、自分の姿が消えたあとにも、受け継いだ人が育ててくれるような器。特別なことじゃないんだ。ただ、日々使ってもらう。それ自体が器を美しく成長させていく。

いにしえから綿々と続いてきた陶工たちの営みの中で、小さくても確かな点になれるような仕事がしたい。古い器を巡る旅のような時間を経て、満さんは想いをかためていったんだ。

器づくりの中でも、満さんが特に多く手掛けたのは絵付けだった。力を注いでいたのが、生き物、動物の文様。鳥、牛、羊、馬、そして、僕ら兎も。絵付けを始めたばかりの頃、満さんはスケッチブックに向かってうんと太い芯の鉛筆で動物を描いた。今まで見てきた器に描かれた動物、自分の心の中で息づく生き物。何枚も何冊も描いて描いて、描きたい姿が定まっていざ素焼きの器に筆をのせると、まったくうまくいかなかった。

描きたい姿を描こうと意識すると、磁器に運ぶ筆が思うように動かなかった。それは鉛筆と筆の違い、紙と磁器との違いもあるのだろうけれど、描きたいという気持ちが勝っているとうまくいかないことに気がついた。そして、ふっと力を抜いて、真空のような心で筆を運んだときに限って、気に入った絵が描けた。

磁器に滑らす筆の速度を満さんなりにつかむと、あとはこだわりを手放すように心掛けた。自分の心や手の中には、たっぷりと描いてきた生き物の姿があるのだから、その姿を伸びやかに出せばいい。どこかに心をひっかけないで、できるだけ心を整えて絵付け仕事に向かおう。それはちょっと難しいことでもありながら、そう心掛けること自体が、満さんにとっては爽やかなことだった。

こうして絵付けを続けてきたある日、満さんははるさんと出会った。

「この兎、走ってる。飛び跳ねてる。器の中で生きている」

はるさんは満さんの個展会場でそう言うと、僕らが描かれた五客の器を買い求めてくれた。

「馬は走り、鳥は飛び、羊は深く眠っている。美しい器の形の中で、生き物たちが伸びやかに生きている」

はるさんの言葉がご褒美のように満さんの耳に、心に響いた。

「ありがとうございます。たくさんたくさん描き続けていくうちに心が軽くなって、動物にいのちが吹き込まれていくようになったのかもしれません。そして、陶芸、焼き物であることも、僕の絵を助けてくれるんです。高温の熱をくぐり抜けて窯から出したとき、自分が作っておきながら、天といってよいのでしょうか、自分よりもっと高いものに任せたというか、預けた先で作品に出会い直したような気持ちになるんです」

満さんは、自分の作品であって自分だけの手で生まれたものではない、そんなふうに言っていたのかな。実は僕も、ちょっと似たようなことを感じているんだ。僕は僕であって、僕だけじゃない、って。変かな。この食器棚の中に五つの皿で一緒にいると、僕と僕以外の兎の皿がつながって感じられるんだ。僕は僕だけれど、僕以外の器とつながっているって。そして、僕の前にたくさん描かれた生き物たちの絵の先に自分がいる、というような気持ちになってきたんだ。

いにしえから描き続けられた絵付け、満さんが描き続けた絵付け、そして僕が生まれたあとに描かれていく絵付け。

人が描かずにはいられないものの姿。その中の一粒のような自分。そんなふうに感じると、なんだか安らいだ気持ちになるんだ。食器棚の中でね。

はるさんの家に来てからうれしいことはいくつもあったけれど、幸せな気持ちになるのはこんなときだね。

「菜津《なつ》ちゃん、器並べてくれる？」

はるさんが娘さんにそう頼んで、菜津ちゃんが真っ先に僕らに手を伸ばしてくれたとき。ああ、信頼されているんだなって、じんわり五羽で喜び合ったものさ。陸《りく》君に菜津ちゃん、今は大人になってこの家には住んでいないけれど、年に何度か帰ってくると、いつも僕たちをテーブルにのせてくれていた。手土産のお菓子をのせたり、はるさんお得意のちらし寿司を盛ったりしてね。

僕らがのっているテーブルを囲んで交わされる会話は、ほとんど笑顔の中のこと。職場のこと、新しい家族、古くからの友人、思い出話。もちろん、尖った声が聞こえたこともあったけれど、そんなとき、僕らは食器棚の中でおとなしくしていたから。僕らが食器棚から出て働くのは和やかなときばかり。幸せな役回りだったんだね。

こぎん刺しのティーコゼ

私はいつも食器棚の上で待っているの。ちょこんと帽子のような姿で。この部屋を見渡しながら。お茶の時間になると、はるさんは少しばかり背伸びをして、私をこの場所からおろしてくれるんです。そして、私の仕事が始まります。

私はティーコゼ。紅茶を愉しむ西洋で生まれた形。ポットに被せるように布で仕立てられました。私の仕事は、冷めないように守ること。ふんわり、けれどしっかり、お茶の入ったポットの上でじっとしているの。

静かに働く私の姿を見るとき、はるさんの目元はいつも緩んでいました。それはきっと私の文様が気に入っていたんですよ。麻布に綿糸で綴られたこぎんと呼ばれる刺し子。ひと針ひと針、生地の織り目を数えながら刺していくと、さまざまな文様が立ちあがってくるんです。

マメコ（豆）、ハナコ（花）。竹の節にクルビカラ（クルミの皮）。猫の足や猫のマナグ（眼）といった身近な文様は、ずっと昔から津軽の女の手によって受け継がれてきたもの。私を作った人は、晶子《あきこ》さんといって津軽の生まれでね。子どもの頃から、こぎん刺しに囲まれて暮らしてきました。鏡台の掛け布やこたつのカバー。家庭科の時間でも、こぎん刺しを習っていたんです。

「農民は麻布しか着てはならなかった時代、強くて暖かい着物にしようと、津軽の女はせっせとこぎんを刺したんだよ。こぎんのうまい娘は、嫁のもらい手も多かったんだ」

先生のそんな話も少しうっとうしくて、あまり好きになれなかった晶子さん。こぎん刺しのことはすっかり忘れて、結婚後は東京で暮らしていました。ちょうど子育てに精一杯な頃、出かけた先のデパートで開かれていた展覧会で、こぎん刺しと再会したんです。

目の前に広がる布の数々。カラフルな配色に、モダンなタペストリーやクッションカバー。藍地に白糸の昔ながらのこぎん刺しまでが、新鮮に迫ってきました。「めごぃ」。久しぶりに心の底から、自分の言葉が湧きあがってきたんですって。

それから、こぎんについての本をかじりつくように見ながら、晶子さんは刺し始めました。息子さんたちはやんちゃで、晶子さんは毎日へとへと。けれど、いや、だからこそ、こぎんを刺すことが、かけがえのない時間になっていったんです。晩ご飯の片づけが終わって、子どもたちが眠りにつくと、晶子さんは布という海を手元に開き、針という小舟で漕ぎ出すのでした。

口伝《くでん》。昔、女たちは口伝えで文様を教えていったんですね。母から娘へ。姉から妹へ。晶子さんは独学でしたけれど、いつも傍らには、津軽の女の人たちがいてくれるような気がしていました。母ではないけれど母なるもの。姉ではないけれど姉なるものとして。

そして、刺すほどに、しんしんと降る雪のように、晶子さんの心には、幸せが積もり広がっていきました。寒く貧しい時代に、家族の暖のために女は針を進めたというけれど、それは決して苦行ではなかったのだと。一心に、何もかも忘れて、ただ布目を見ながら針を進める時間の濃密さ。それは誰も入り込めない、自分だけの真っ白な雪原のようなもの。厳しい時代に生きた女たちにとってはなおのこと。きっと極楽浄土のような時間だったのではないかと思うようになったんです。

晶子さんは手が達者で、心が自由な人でした。テキストを傍らに基本のモドコ*を習得すると、見本にとらわれずに糸の種類や色を心のままに選んで刺しました。仕立てる形を考えるのも楽しくて、モダンな鍋つかみや化粧ポーチを創作していましてね。こうして自由に刺し続けるうちに、晶子さんは自分が刺したいこぎんをつかんでいきました。刺した文様がふっくらと見えるもの。微笑んでいるような糸の表情。目数を正確に刺さなければならないけれど、そのことが窮屈に感じられないようにしよう。そう心に決めると、まずふうっと深呼吸をしてから布に向かうようになりました。子どもたちに尖った声を出してしまった日、疲れて家族に笑顔を見せられなかった日、そんな日こそ、まあるい気持ちを取り戻して針を持つようにしたのです。

晶子さんとはるさんには、共通の友人がありました。三人ではるさんの家で紅茶をいただいた日に、晶子さんは見たこともない大ぶりなティーコゼと出会ったんです。それははるさんが北欧で買い求めたもので、まるでお布団のように肉厚でした。温かく保つために縫われた美しいティーコゼ。その堂々とした姿に、「私、こぎんでこれを作りたい」と、晶子さんは思わず声を出していました。

おいしいお茶をいただくために。晶子さんはそう願って針を進めました。その願いも透き通るほどに心が無になると、布の海原には波の調べが心地よく揺れて、心の雪原には真綿のように輝く安らぎが広がっていきました。刺し終えた布を仕立て、第一作目のティーコゼが誕生しました。それがね、私なんですの。私は晶子さんからはるさんへの初めての贈り物になったんです。私をたいそう気に入ったはるさんは、「このティーコゼをみんなに伝えたい」と言いました。こうして作品ができるとはるさんに託し、いつしかこぎん刺しの制作が、晶子さんの仕事になっていったのでした。

はるさんは紅茶がとても好きな人でした。だから私はずいぶん働きましたの。飲む人数によってポットの大きさも違いましたから、今日はどのポットを温めるのかしらと、出会いにときめいたものです。

そんな私には、うっすらと紅茶のシミが残っていましてね。これは息子の陸君が付けたシミ。陸君は紅茶を淹れるのが好きな子で、食器棚を開けてはポットやカップを選ぶのを愉しんでいましたよ。はるさんの背丈を越して、背伸びもせずに私を食器棚の上から取り上げてくれるようになった頃、はるさんと些細なことで口喧嘩をしましてね。そのときに気が立っていたんでしょう、ポットを覆っていた私に手が触れて、お茶が入ったまま倒してしまったんですの。私はすぐに洗面所に連れて行かれて、じゃぶじゃぶと洗われました。はるさんと陸君に。ふたりはさっきまで諍っていたのも忘れて、仲よくシミ取りに必死になって。なんだか可笑しいような、くすぐったいような思い出のシミになりました。

今、食器棚の上で、私はお仲間と一緒にいるの。先輩の北欧のティーコゼ。後から、さまざまな刺繍の仲間も加わりましてね。

はるさんはとっても刺繍が好きな人でした。技法や図柄は違っても、針仕事という共通の時を経て生まれてきた私たち。その文様は、女たちがひたむきに心を向けて綴った糸の調べ。針を進める時間の奥行きにひそむ、喜びや悲しみ、願いや諦めを鎮めながら描かれた糸の跡。目で、手で私たちに触れながら、はるさんは自分の心模様を響かせていたんだと思うんです。

＊モドコ　「素コ」基本の菱形文様

木のサラダボウル

僕は食器棚の中で広い場所をもらってるんだ。からだが大きいから。まさに幅を利かせている。ちょっと申し訳なく思うけどね。

僕はサラダボウル。九寸ほどの径があって、深さは三寸ほど。今の言い方だと、およそ二八センチ×九センチといったところ。尺や寸はからだに沿ったものだから、人が使う道具を作る工藝の世界では、今もこの単位が生きているんだ。

僕の胴のふくらみ加減はちょっと自慢だね。緩やかな曲線だけれど、甘すぎない。この絶妙なフォルムには、僕を作った人のセンスが光っている。

僕はもともとクルミの木だった。木材として活用されるために伐り出されて、縁あって僕を作った人の手に渡った。木工作家と呼ばれる純《じゅん》さんは、暮らしまわりの道具をひとりで作っていてね。お皿やお盆、バターケースやスプーンにフォーク、お弁当箱も。作る基準は、自分が暮らしの中で使いたいもの。とてもシンプル。けれどシンプルに至るまでには、それなりに葛藤もあったんだ。

純さんは会社勤めをしていてね。でも、満員電車の往復に馴染めず、体調を崩して退職した。そのあと、職業訓練校で木工を学んで、小さな工房に勤め、技術を高めて独立したんだ。独立してしばらくは、友人、知人が注文してくれたものを作っていた。木のテーブルやシェルフなど。注文主の希望を丁寧に聞いて、期待に応えたいと精一杯制作した。それは純さんを応援してくれる人たちからの注文だったから、ありがたかった。

けれど、作り続けるほどに心の中にどんよりと澱のような疲れが溜まってしまってね。それは、心を込めて作ったものの姿を、自分では好きになれないことが多かったから。自分の手が培った技術を生かして、注文主が喜んでくれるものを作ること。それは、職人として満たされる仕事なんだと心に言い聞かせた。でも、純さんは自分も使いたいと思えるものを作りたい、という気持ちを抑えきれなくなっていったんだ。

木工は、この世に限りある素材を使う仕事。だから、その素材に、もっときちんと向き合おう。そのためには、長く使ってもらえる形を考えること。まずは自分が暮らしの中で使いたいものを作ろう。そう心を定めると、純さんは一本の匙を彫り始めた。

仕上がった匙を日々の暮らしの中で使ってみると、新鮮な驚きの連続だった。指が感じるバランスや唇にあたる感触。樹種の違いからくる重さやきめの違い。ものの形、デザインはとても大切なものなんだと思い直した。暮らしの場面で目に映るもの。それが美しいものだと、どんなに心が安らぎ整うかも知った。色彩は木そのものの恵みを生かし、作り手として、フォルムをもっと大切にしていこうと決めた。使い心地のよい形、そして、目にしたときに心が喜ぶフォルムを。

純さんの手から生まれた僕の仲間たちは、はるさんのお店からさまざまな人の手に渡っていった。初めて木の器やカトラリーを買ったという人も多かった。何を盛ったらいいんだろう。どんなふうに洗うんだろう。僕の姿かたちを気に入ってくれた人も、使いこなせるか迷うことも多かったみたいだ。

でも、はるさんは自分の経験を話しながら、丁寧にお客さんの不安をほどいていた。トーストしたパンを木の皿にのせると、湿気を逃がしておいしく食べられること。よほど色の強い料理でなければ、気にせず盛ってもいいこと。洗ったあとにしっかりと乾かすこと。油料理も大丈夫。むしろ木の器に油分を補給してくれて、器をいい風合いに育ててくれることなど。特に、僕のようなサラダボウルは、トスドサラダの話と共に。

それは、純さんの家にアメリカ人の木工作家が滞在したときのこと。ある朝、その彼が食器棚にあったサラダボウルによく水を切った野菜を入れて、おいしいサラダを作ってくれたんだ。オリーブオイルをさらりとかけて、サーバーでトス。野菜を持ち上げてボウルに落とす。そうして野菜全体にオイルをまんべんなく絡ませる。次にビネガー、そして塩。サーバーでトス。ただそれだけのことなのに、そのサラダのなんとおいしかったこと。純さんは大きく作りすぎて持て余していたそのサラダボウルが、まるで調理器具のような役割をすることもうれしかった。

それから毎日、純さんはトスドサラダを作っては食べた。クルミなどの木の実を混ぜたり、バルサミコやリンゴ酢などで風味を変えてみたりしながら、サラダボウルでトスを繰り返した。

はるさんが純さんの工房を訪ねたとき、ぶどう棚のある庭でランチを囲んだ。そこでこのトスドサラダのおいしさと、それにまつわる話を知った。はるさんは、その場でトスをさせてもらった。野菜をサーバーでふんわり掬って、ストンと落とす。「Tossed salad」。その動作の楽しさも心地よかった。そして、日本語なら「和える」というところを、アメリカでは「投げる」という動作で言い表す感覚が新鮮だった。

それからはるさんも、毎朝、トスドサラダを作った。そのおかげで、僕の肌は艶々とすてきな風合いになった。そして、トスをしながら、油と酢と塩という三つの要素について思いを巡らすようになったんだ。どれかが勝っても、足りなくても、おいしくならない。トスによって三つの要素が絡まり、ひとつの味になることの意味を。

ある日はるさんは、お店のお客さんに「どのような目で、お店で扱う作品を選んでいるの？」と聞かれたことがあった。そのとき、朝食に作ったトスドサラダのことがふいに思い浮かんだ。はるさんは、作品に三つの要素をいつも見ていた。素材、技術、デザイン。素材は大切な自然の恵み。人が培った手技。そして、今を生きる人が使いたいと思える意匠とその美しさ。そのバランスが、まるでトスドサラダの三つの要素みたいだと思ったんだ。

掬って、投げて、落とす。子どもたちと気持ちがちぐはぐになったとき、仕事でものごとが絡まってしまったとき。どんな朝にもはるさんは、僕を食器棚から取り出して、中に入れたレタスやルッコラたちをふんわり掬って投げ上げた。日々さまざまに添えられる野菜、たとえばパプリカやラディッシュたちも、みんな自然に混ざり合って、トスをするたび味が整っていく。

抱え込まず、ふんわり自分の手から離してみると、案外ものごとは自然に所を得る。そして、出会ったもの同士は和み合っていくもの。たかがサラダ、されどサラダ。日々、木のボウルを使いながら、はるさんは心を遊ばせ、ほぐし、整えていたみたいだね。

呼び寄せのポット

私がここにいて、皆さんの仲間に入れてもらっているのは、なんだか申し訳ない気持ちだったんです。だって私は、この食器棚にいる他の方たちと違って、工芸作家という人の手から生まれたのではなかったから。

私が生まれたのは、陶磁器が毎日たくさん作られる町。同じ顔をした仲間がどんどん生まれてくるところ。完成するといろんな町のお店に運ばれて、そこで誰かに買ってもらうのを待っていたのでした。

その日、私はなんだかいい予感がしていたんです。きっと誰かが私を見つけてくれるって。でもお昼が過ぎても、夕方になっても、私を手に取ってくれる人はいませんでした。かわいい猫の絵がプリントされたご飯茶碗や、きれいな白いお皿はどんどん包まれていったけれど、ただのひとりさえ、私に触れる人もいなくって。

ああ、今日もここの棚で眠るのかしらね、と思い始めたとき、女の人がお店に飛び込んできたんです。その人はちょっと青ざめた表情で店内を見まわすと、私の目の前にやってきました。そして優しく包むように掌にのせて、蓋を取って中を見たりしましてね。うれしかった。そう、私はお茶を淹れる急須、その蓋なんですの。女の人は再び急須を棚に置いて、ぐるりとお店の中を見まわしました。ひと呼吸つくと、もう一度私を掌に抱き上げてくれました。そしてそのまま、レジのおばさんに包んでもらったんです。

私が連れていかれたのは、プーンと薬の匂いがするところでした。包みを解かれて周りを見たら、そこは病院。女の人は、私を流し台で洗ってから、熱々のほうじ茶を淹れました。そして湯呑み茶碗にお茶を注ぐと、ゆっくりと口に含みました。ふうーっ。女の人が心から一息ついたことが私にはよくわかりました。なんだかすごく役に立った気がして、とてもうれしかったんです。

病室で寝ていたのは女の人のお母さんでした。事故にあって病院に運ばれてきていたんです。連絡を受けた女の人、はるさんは、洗面器と石鹸だけを持って病院にかけつけていて。あんまりびっくりしてあわてていると、訳もなく変なものを持ってきてしまうんですね。行き先はお風呂屋さんではなくって病院なのに。

病室で眠っているお母さんを見ながら、はるさんは思い立ったように外に出ました。そしてすぐに陶磁器屋さんに入って、急須を買おうと思ったんですって。他に必要なものはいろいろあったのだけれど、まずは一杯、お茶を飲んでから考えよう。そして、お母さんが目を覚ましたら、とびきりおいしいお茶を淹れてあげよう。こうして私は、はるさんに選んでもらったのでした。

お母さんの怪我が治って退院すると、私はお母さんの家に行くことになりました。私を気に入って、毎日お茶を淹れて楽しんでくれました。それはそれは、幸せな日々でしたよ。ある冬の日、お母さんがうっかり手を滑らせて私を落としてしまうまでは。そう、私というか、急須の本体が割れてしまったんです。

お母さんはとっても悲しんで、私は自分のことより、そのことの方が悲しくなったくらい。ごめんなさいね、ごめんなさいね、と繰り返しながら、いくつかのきれいな形の陶片を花壇の縁の飾りにして、残りの粉々になった急須のかけらを、庭の片隅に埋めました。蓋の私を残して。

こうして私は、しばらくお母さんの台所の端っこでくすぶっていたんです。するとある日、はるさんがやってきて私を見つけてくれたのでした。

「お母さん、これってあの急須の蓋だよね」

「そうなの、はるちゃんが買ってくれたのよね。ごめんなさいね、お母さんうっかり落として割っちゃったのよ。とっても気に入っていたのに」

「お母さん、この蓋ちょうだい。ちょうどこういうのを探していたの」

はるさんはそう言うと、私をふわふわのタオルに包んで連れ帰ってくれました。

こうして私の新しい人生は、はるさんの家で始まりました。こぢんまりとした部屋には、不釣り合いに大きな食器棚があって、その食器棚を開けると、はるさんは水色のきれいな磁器のポットを取り出しました。そのポットには蓋がなくて、代わりに私をそっとそのポットにのせたんです。

「わ、やっぱり、ぴったりだった」

そう言うと、ポットに茶葉を入れてお湯を注ぎました。はるさんはお母さんとは反対に、蓋を割ってしまったのでした。

水色の磁器のポットは、まあるいきれいな形をしていましてね。はるさんのお店で売られていたんだそうです。おいしくお茶が淹れられると評判で、その理由が私にもすぐわかるようになりました。

ポットに熱いお湯が注がれると、私はただじっと湯気をふさいでいるばかりでしたけれど、その中では、緩やかな胴体をなぞるように茶葉がまわって、しっかり葉が開いていく様子がきれいでしてね。豊かな味と香りに満ちたお茶は、はるさんを幸せな気持ちにしていました。私には温かさを閉じ込めていることしかできないけれど、精一杯、その仕事を務めてきたんですの。

はるさんがおばあさんになっても、陶器の蓋の私と磁器のポットはずっと一緒

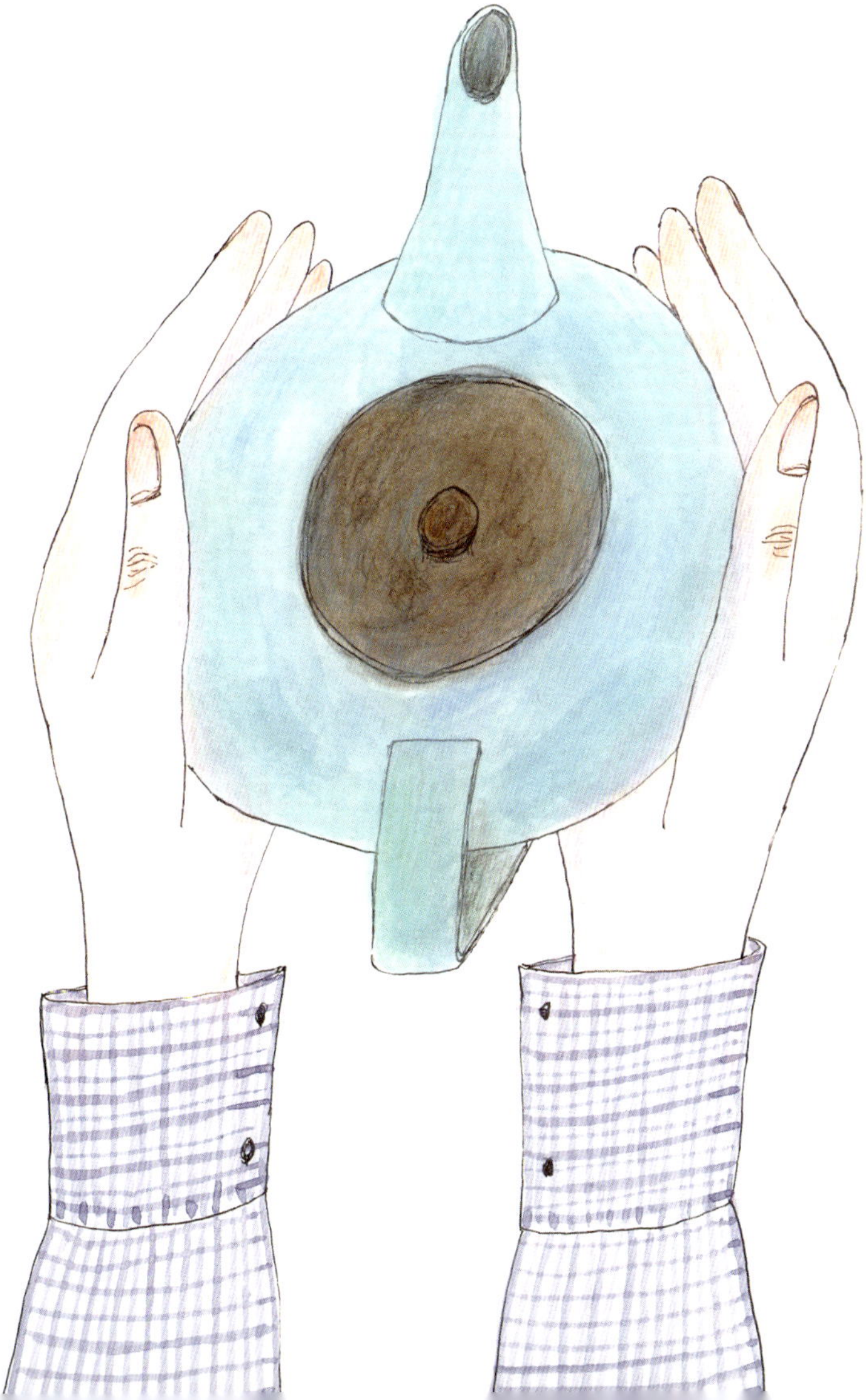

でした。ポット作りの名人と言われた陶芸家が作ったその本体は、茶こしの作りも丁寧で、注ぎ口も取手のバランスも絶妙。蓋の私も一緒にいるほど好きになるポットなのでした。

もう何十年になるでしょう。実は近頃、蓋と本体だと分けて思うこともなくなってしまいましてね。生まれは別々だったけれど、こうして一緒においしいお茶を淹れ続けてきたものですから。かけがえのない相棒となった本体も、きっとそう思ってくれていると思うんです。

「呼び寄せ」

ある日、はるさんが私たちポットのことを、家にやってきたお友だちにそう紹介していました。まるで呼び寄せ合ったようにぴったり馴染んで、ずっとおいしいお茶を淹れ続けてくれるこのポットが大好きだと。

はるさんの食器棚に一緒にいる器たちは、どれも作った人がはっきりしていて、それぞれに作った人の想いがあるものばかり。そんな中で最初の頃は居心地が悪かったんですけれど、いつしかそんなことも感じなくなりました。はるさんは、誰か特別な人が作ったからよいものだ、なんて思ってはいなかったんですね。ずっと使っていたいものが大切なもの。そんなポットとして、はるさんの最後の日まで食器棚にいられたこと。今は誇らしい気持ちでいっぱいなんです。

銅の茶匙

「あなた、いい色してるわね」

新しくこの食器棚に入ってくる器に、私はよくそう言われたものだわ。そうなの、わたしの色はこんがりとした色。でも、小麦色に日焼けしているわけじゃないのよ。そんな表面だけの茶色ではなくて、もっと内側から深く輝く茶色なの。奥ゆかしく、控えめに、鈍く。

私の出番は、ほぼ毎日。煎茶にほうじ茶、紅茶もいろいろ。はるさんはそのときの気分で茶葉を選んでいたから、お役目の相手もいろいろでね。でも、あくまでも主役は茶葉の方々。そして、ポットや湯呑みにカップの面々。三十年以上働いた私は、名脇役といったところかしらね。

カン　カン　カン　カン
私はこんな音の中から生まれたの。どっしりとした木の台に開けた穴に、当て金と呼ばれる鉄を差し込み、そこに置かれた金属の板を叩きながら。

私を作ったのは朝《あさ》さん。金属で装身具や暮らしの道具を作る人。金属は、叩いたり、溶かしたり、刻んだりして形を作っていくのだけれど、茶匙はまず叩かれて姿を生み出してもらうのね。

朝さんが作るものには、ミルクパンや花瓶などいろんな形があったけれど、どれも最初は同じ姿。一枚の鋼板。それを叩いて叩いて作るの。不思議でしょう、平たい板が叩くことで立ちあがっていくなんて。もちろん技が要ることなんだけれど、どんなに技術や道具があっても、ひたすら叩いてもらわなくっちゃ、私は生まれてこなかったのね。

朝さんは工藝を学ぶ大学で一通りのことに触れて、もの作りとは関係のない会社で働き出したんです。でも、なんだか毎日が心弾まなくなっていったとき、ふと、金属を叩くことを思い出したそうよ。絵を描いたり、機で布を織ったり、ろくろを回して焼き物を作ったり、もしかしたら何でもよかったのかもしれないけれど、無心に金属を叩いていたときの心地よさが懐かしくなって、久しぶりに大学の工房を訪ねてみたんですって。

株のような当て台に鉄の当て金を据えて、一枚の銅板を叩く。カン、カン、カン。あ、この感じ。硬い金属が叩くと柔らかくなっていく。柔らかくなったところを作りたい形に導きながら、カン、カン、カンとまた叩いていく。それは、硬い板に横たわる原子を動かす、采配を振るような感覚。気を抜けない独特なリズム。ああ、久しぶりに自分が深く呼吸をしている。しばらく、なんて浅い呼吸ばかりの日々だったんだろう。そう思い出すと、ただこの呼吸を毎日していたい。そう心の底から思ったんですって。

それをきっかけに、朝さんは、金工工房との縁を得て、アシスタントとして働き出しました。いつか金属でものを作る人になろう、金属を叩く仕事をしていこうと希《こいねが》って。自分の呼吸は、金属を叩いているときが本物だから、やめたりしたら、自分の呼吸ができなくなってしまうから。

朝さんが働く工房の主、師匠となった人は、物静かな人でした。話し声を聞くよりも、槌音《つち》を聞くことの方が多かった工房での日々。

「朝の叩く調べは、機嫌がいいな」

ある日、師匠が声をかけてくれました。朝さんは初めて褒められた気がして、その言葉を心の中で抱きしめました。機嫌がいい。そうだ、機嫌よく叩こう。それは、機嫌よく呼吸をすること。機嫌よく生きていくこと。ものを作ることと生きていくこと。朝さんの中で、一本の筋がはっきりとつながったのでした。

はるさんのお店では、朝さんの装身具を売っていました。朝さんは独立をすると、指環や耳飾りなどを主に作るようになっていました。金工工房で働く頃から手掛けるようになって、いつしか愛おしい、大切な制作になっていたんです。

師匠のもとでボウルや酒盃の制作を続けながら、平たい金属を叩いて立ちあげていく喜びは増すばかりでしたが、仕事として作り続けることが朝さんの体力にはそぐわなかった。好きな仕事を精一杯するほどに、からだの疲れや痛みが増していく。

機嫌よく叩こう。機嫌よく呼吸をしよう。そのためには、身の丈に合った制作の度合いを探っていこう。そう模索していく中で、装身具の制作の時間が増えていったのでした。

朝さんの作る装身具はとても人気がありました。素材の性質をよく知って慈しむ人が生み出す金属の表情は、深々と美しかったのです。そしてその装身具には、草花のモチーフを取り入れるようになっていました。朝さんは庭仕事を丹精する人でもあったのです。

納品の機会が増えて、お店を訪ねることが多くなったある日、実は金属を叩くことがとても好きだと言うと、はるさんは瞳を輝かせてこう言いました。

「茶匙を作ってくれないかしら」

茶匙。朝さんの瞳も一瞬にして輝きました。作りたい。そうだ、茶匙の大きさを叩き出すのは、自分にはきっと合っている。茶葉を掬う匙。使う人の手が喜ぶ暮らしの道具。作りたいイメージはぐんぐん広がって、すぐにでも金槌を振り出したい気持ちになりました。

こうして、試作として出来上がったのが私なんですの。はるさんに使い心地を試してもらおうと、朝さんが贈って。以来二十年ほど、この家で働いてきたんです。

私をはじめ、朝さんの作る茶匙には、どれも草花の文様が加飾されているの。私には椿。お茶の仲間の植物ですものね。他に野菊や桜など。匙の用途に文様が要るわけではないけれど、朝さんは想いを込めてひと匙ずつに花を描き、刻み、彫り続けました。

「花咲くように、お茶の葉が開きますように」

多くは作り出せないものだからこそ、一つひとつに想いを込めて作っていこう。機嫌よく叩きながらと。

あるとき、はるさんのお店で、朝さんが布を織る人と話をしていたわ。

「布は、羊や蚕、棉《わた》や麻を育てて糸を作ったりしてできるけれど、金属って新しく生み出せないのね。この地球に埋まっている限りのもの。使うばっかりで生み出すことができない大切な素材を使わせてもらっているのが、私の仕事。だから、ずっとずっと大事に使ってもらえるものを作らなくっちゃね」

朝さんに、今の私を見てもらいたいって、最近思うの。はるさんに使われて、こんなに美人さんにしてもらったのよって。

「こんなふうに育ててもらって、よかったわね」

朝さん、きっとこう言うんじゃないかしら。そして、ますます心を弾ませて、私のきょうだいを増やしていくんでしょうね。カン、カン、カンと叩きながら。

ウールのブランケット

いつも食器棚を見ていました。はるさんが肌寒さを覚えた日から、汗ばむ日差しを感じる日まで。毎年。

こぢんまりとした食堂からキッチンに通じる壁際に、はるさんの大切な食器棚がありました。その脇に置かれた一脚の木の椅子。それが私の定位置でした。そこから膝に掛けられたり、ふわりと羽織られたり。はるさんやご家族を心地よく暖めるのが私の仕事だったんです。

私の中には、いくつかの種類の羊毛が織り込まれているんです。ニュージーランドにイギリス、スウェーデン。それぞれの地で育てられた羊から刈り取られ、さまざまな工程を担う人の手によって糸になり、織る人の手元にたどり着くんです。私を織った人の名前は彩子《あやこ》さん。ワンピースがよく似合う凜とした人でした。

彩子さんが幼い頃、毎日は絵を描くことと共にありました。メモを取るにも、言葉よりも絵。心に浮かび上がるものは、形となって紙に映し出されていきました。

「彩子ちゃんは、いつも楽しそうに絵を描いてるね」

そう言われ続けて、そのまま迷うことなく大学でも絵を専攻したのに、いつのまにかキャンバスに向かう姿がしょんぼりするようになっていきました。

描けば描くほど、自分であって自分ではなくなっていくような。どこか空虚な絵ばかりがこの世に生まれてくるようで、心は躍らず、晴れず。そんなことでつまずかないで描き込んでみようと絵筆を握っても、しょんぼりとした姿が、光に向かって伸びていくことはありませんでした。

ある日、通りかかった店のショーウィンドーに彩子さんは釘付けになりました。そこには一枚のたっぷりとした布が飾られていて、得も言われぬ風合いと色合いに心を奪われたのです。扉を開けて店に入ってみると、そこでは小さな展覧会が行われていました。彩子さんがその布に見入っていると、

「どうぞ手に取ってみてくださいね。よかったら、羽織ってみても」

と、輝くような銀髪の女性が微笑んで言いました。

「これは私が織ったブランケットなんですよ」

とだけ言うと、あとは黙って彩子さんが見たいままにしてくれました。

その布は、遠く離れて見てみると、まるでどこかの景色を仰いでいるみたいでした。手元に寄せて触れてみれば、さまざまな糸の表情の面白いこと。思い切って羽織ってみると、包み込まれるような懐かしい温もり。

これをきっかけに、彩子さんは手織りの道を歩み始めました。出会った銀髪の女性の工房に通って、一から手織りを学ぶことになったのです。

＊

「おばあちゃん、ブランケットを出したんだね。このブランケットを見ると、今年もおばあちゃんの冬支度が始まったってわかるよ」

ひとり暮らしのはるさんの家には、孫娘の明希ちゃんがよく訪ねてきました。大きなダイニングテーブルにノートを広げて宿題をしてみたり、ソファで本を読んでみたり。一番お気に入りだったのは、食器棚の中にある器や道具の手入れをしながら、それらにまつわる話を聞くことでした。

「この赤いブランケット、ところどころに違う色の糸が入っているでしょう」

はるさんはそう言って私を広げ、何本かあるグレーや茶色の糸を指さしました。

「赤はこの布を織った人が染めた色、そしてこの渋い色は染めていない色、羊の毛の色のままなんだよ。無垢な自然の色と、赤く染めた糸とを合わせて織りあがった布から、明希はどんなことを感じるかい？」

はるさんは、時どきちょっと返事に困るようなことを明希ちゃんに聞いていました。それは孫と話すというよりも、一目置いている友に話すような感じで。

「あったかそうで赤がきれいだなぁって最初は思っていたけど、使うたびにもっと深ーいところから温かさが満ちてくるみたいな感じがする。赤い布って一言で

言えないふかぶかとした感じ」

こんな答えが返ってくると、はるさんの眉は幸せそうにくつろぐのでした。

「この布を織った人は、子どもの頃に絵を描くのが大好きで、織りをするときはその頃の気持ちに近づくんだって言っていたよ」

はるさんはその先を話そうとしましたが、その日はそこで、私や彩子さんの話はおしまいになりました。

手織りの制作は、彩子さんにとても合っていました。初めの頃は技術を習得していくことが楽しくて、無我夢中で機の前に。一通りのことができるようになると、何を織ろうかということに気持ちが向いていきました。

キャンバスを前にしたときのように、描きたいものって何だろう、表現したいものって何だろう。そう思ってデザインを構想し、布を織ってみると、織りあがった布はどこかよそよそしくて、彩子さんの思うような布にはなりませんでした。

それでも彩子さんは織ることはやめませんでした。経糸の準備を整え、緯糸をシャトルに巻いて織り始める。その一連の動作が好きなことと、何より素材、糸の魅力に惹き込まれていったのです。

織りたいものは、自分の内側の想いだけではなく、手にした糸が訴えかけてくれる。それを汲み取る、感じ取ることがことのほかうれしかったのです。自分の心と素材が響き合って生まれるもの。それが彩子さんにとっての手織りだったのかもしれません。そして、織り続けていくうちに、美しい布を織る秘訣をつかんでいきました。それは、自分自身をよくしておくこと。健やかであること。美しいものを見て、感じて、吸収すること。

秘訣などといえば大袈裟だけれど、よい仕事をすることと、自分が幸せであることがつながっている。さまざまな経験を重ねるうちに、彩子さんはそう気づいていったのです。

織り手の幸せな時間は、糸と糸とが交わる空気の中にきっと織り込まれていく。なんて恵まれた仕事と巡り合えたのだろう。幸せでいればよいのだから。温もりを生む布づくりが、彩子さんの人生そのものを温めていたのでした。

「うれしいわ。織りあがったときよりきれいになってる。機からおろしたときは初々しい眩しさがあるけれど、大切に使われ、こんなにいい布に育ててもらって。織るときの喜びは、織り手がもらうけれど、使うほどに美しい表情に育っていくのは、使い手へのご褒美みたいね」

数年前、はるさんが久しぶりに彩子さんに私を見せたとき、今は銀髪となった彩子さんがこんなふうに言っていました。

これから。はるさんのもとを離れて、私はきっと明希ちゃんの家に行くような気がするんです。少しくたびれた姿になってきたけれど、明希ちゃんはそんな私をきっと愛おしく思ってくれるんじゃないかしら。私は変わらず、明希ちゃんやその周りの人たちを温かく包んであげたいと思うんです。

ガラスのヒヤシンスポット

私たちが食器棚にいる時間は、あんまりないですね。はるさんが短めの枝の草花を活けるときは、テーブルや窓辺や玄関口、家の中で散らばって働いていますし。そして、私たちが働くメインシーズンは冬から春先。ヒヤシンスやムスカリ、スイセンやチューリップの球根をのせてもらって、大切に咲かせるのがお役目なんです。私たちは水耕栽培のために作られたガラスのポットですから。

私たちを作った人はガラスを吹く人。ドロドロに溶けたガラスの素が入った窯の前に立って、棒を入れては水あめを巻き取るように引き出すんです。熱い熱いうちに笛を吹くみたいに棒の先から空気を入れて、形を作っていく。風船をふくらますみたいにね。緑《みどり》さんというその人は、来る日も来る日も窯の前に立ってガラスを作っていました。とっても働き者。

キラキラと輝くガラスが大好きだった緑さんは、きれいなものを作って暮らしていきたいって、ガラス工房に見習いに行ったんです。そこの親方にガラスの吹き方を教わって、やっぱりこれを一生の仕事にしたいと思ったんですね。

汗をたっぷりかきながら、気持ちを集中させてリズミカルに動いていく。スポーツのような爽快さもあって、作るほどにどんどんうまくなっていく。その上、自分の作ったガラスのコップやお皿にもホレボレしていたみたい。私はなんて幸せなんだろう。こんなにきれいなものを作って暮らしていけるなんて、と。

親方の工房から独立して、ひとりでガラスを売り始めたときに、緑さんは、はるさんと出会いました。はるさんは緑さんが作ったもの、つまり私たちをとっても好いてくれて。いいものをずっと作り続けてね、っていつも緑さんを励ましていました。

でも緑さんに、そんな励ましなんて必要なかったんです。だって作ることが楽しくて楽しくて仕方なかったのだから。とにかくせっせとガラスを吹いては、はるさんがやっていたようなお店に送って、並べてもらっていたんです。

あるときから、はるさんのお店に緑さんのガラスが届かなくなりました。はるさんはだんだん心配になってきて、工房を訪ねてみることにしました。

たどり着いた工房では、窯の火は消えて、ほこりっぽい作業場には生気がなく、はるさんはとっても驚きました。隣の住まいの方へ声を出して呼んでも、返事はいっこうに返ってこなくて。はるさん、工房の小さな木の椅子に腰掛けながら、ずっと緑さんが来るのを待っていたんです。

緑さんは、はるさんに会いたくなかった。はるさんだけではなく、誰にも会いたくなかった。きれいなものを作って暮らしたい、それが叶ったと思ったけれど、いつのまにか作ることに追われるばかりで、きれいだなぁって心が震えるようなことから遠くなってしまって。気持ちがしおれて、窯の火を落としていたものだから、はるさんのところには、ガラスがちっとも届かなくなっていたんです。

太陽が西に傾き、薄暗がりになって、そのうち真っ暗になりました。緑さんは、もうはるさんは帰っただろうと思って、隣の工房へ行ってみました。すると、小さな明かりがぽっと灯っていてびっくりしたのです。工房に火の気なんてあるはずなかったものだから。その明かりは、はるさんが灯したものでした。緑さんの工房を訪ねるとき、はるさんは丸くてたっぷりとしたろうそくを持ってきていたのでした。

はるさんはろうそくを灯して、緑さんを待っていました。眩しい電灯の下では話せないことも、揺らぐ火を見ながらなら、ゆっくり言葉を交わせるのではないかと思って。

暗がりの中で、緑さんは表情を取り繕う必要もなく、自然に椅子に腰掛けて、はるさんと向き合いました。ふたりの間にはろうそくの灯が揺らいで周りを温かく照らしていました。

はるさんは持ってきた包みを開けて、テーブルの上にそっと置きました。それが私。ヒヤシンスポットだったんです。

十年ほど前、緑さんは小学生のときの水耕栽培が懐かしくなり、そうだ、自分でポットを作ってみよう、と制作をしてみました。理科の時間に使ったものはプラスチックだったけれど、透明で素直なすっきりとしたフォルムの水耕栽培ポットだったら、さぞきれいだろうと。こうして出来上がったポットを緑さんはどこのお店にも出さずに、自分のために使ってみることにしました。

十二月。いくつも作ったポットに水を張って、球根をひとつずつ仕込みました。まずは白、青、紫のヒヤシンスの球根。お尻がぎりぎり水につくくらいにして、北側の暗い部屋に置きました。暖かくて眩しい部屋に置いたら、急に春がやってきたとびっくりしてしまうから、球根にゆっくり目覚めてもらえるように、冬らしい時間を北側で過ごしてもらったのです。

白く輝くような根っこがしっかり伸びた頃、緑さんは南側の暖かいお部屋にポットたちを移動させました。すると球根のてっぺんから、つんつんと緑色の円錐が伸びてきました。芽。芽は少しずつ生長して、やがて葉が現れ、茎が伸びて蕾が姿を見せてくれたのでした。

ある朝、清々しい香りが緑さんの部屋に流れ出しました。最初に花を開かせたのは、白いヒヤシンスでした。緑さんは花に顔を寄せて、胸いっぱいに空気を吸い込みました。ああ、なんてよい香りなんだろう。いつかかいだことのある懐かしい匂い。心を掃き清めてくれるような香り。

水耕栽培ポットに仕込んだ球根が次々に花開き、その年の冬から春は、緑さんの心はとても満たされていました。このポットを作って喜んでもらおう。私が作ったものを手にした人が、幸せな時間を過ごせたらいいな。季節を楽しく過ごしてもらえたらうれしいなと。

翌年から緑さんのポットはとても人気となって、はるさんのお店でもたくさん買われていきました。こうして毎年、夏から秋の終わりまで、ポットをひたすら吹く年が続いたのでした。

その晩、灯ったキャンドルの火を囲んで、はるさんと緑さんは、ゆっくりゆっくり言葉を交わしていきました。小さな明かりだったけれど、小さな明かりだからこそ、本当の言葉だけをそっと照らして。

火種。

そう、はるさんは言っていました。緑さんには、作る人の心の火種があるのだからと。人の心に美しさを宿すようなものを作りたいと願う緑さんの心の火種と、ものを生み出す窯の火種を絶やさないでほしいと。緑さんの火種をまっすぐ感じさせてくれるものが私たちポットだと、はるさんは知っていたのかしら。

ろうそくの灯りのもと、自分で言うのもなんですけれど、うっとりするような曲線の透明な私の姿をあらためて見ながら、緑さんの心の火種は息を吹き返したようでした。

透き通って、ひんやり涼しげなガラス。でも私たちは、熱い熱い火の中で作られている。そして私たちを作り続ける人には、心の火種がたしかにぽっと灯っているんです。

くるみの木の皮のお弁当箱

はるさんの家に来る前、私は私を編んだ人のもとにおりました。澄子《すみこ》さん。はるさんが子どもだった頃、近所に住んでいた少し年上のすてきなお姉さんでした。澄子さんは絵本をたくさん読んでいて、オルガンが上手で、誰かがねだれば折り紙で珍しいものを器用に作ってくれる、物静かで優しいお姉さんでした。

はるさんが大人になる前の澄子さんを最後に見たのは、遠い学校に通うセーラー服の姿でした。うんと早く新聞を取りに玄関へ行ったり、深夜に星を見に物干し台にあがったりしたときに、重そうな革鞄を下げて、うつむき加減に早歩きをする澄子さんを何度か見かけたのでした。

はるさんが社会人になり、まだ実家に暮らしていた頃、ぽとりと一枚の絵はがきが郵便箱に届きました。宛名の面を見てみると、懐かしい澄子さんの名前が書かれた展覧会の案内状でした。裏面には、森の中のピクニックのような設えで、木の皮で編まれたお弁当箱が木漏れ日を浴びて写っていました。素朴で愛らしい中にも凛とした表情のお弁当箱。ああ、やっぱりこれは澄子さんから届いたはがきなんだと、すとんと納得したのです。

はがきに導かれるように展覧会を訪ねると、入り口にはたっぷりと編まれた大きな籠に、早緑色《さみどり》の葉を茂らせた伸びやかな枝が生けられていました。扉を開けると、そこは森の中のようでした。豊かな森の草花が盛られた籠、野菜を入れた籠、布がふわっとのった籠。床に置かれたもの。壁に掛けられたもの。編まれた蔓や木の皮の色や太さは違っても、どれもが森の息吹を放っているようで、その香りに酔いしれていると、「はるちゃん」と澄子さんが声をかけてくれたのでした。

「今、森に住んでいるの」と、澄子さんは言いました。そして、「この籠は、ぜんぶ森にあったもので編んだのよ」とも。

子どもの頃、折り紙をぜんぶ使ってしまったとき、部屋にあったちらし紙を切って、何種類もの変わり鶴を折ってくれた澄子さんの魔法の手。はるさんの心の中で、幼い頃の澄子さんとの思い出がよみがえってきました。

「澄子さんは、子どものままにすてきな大人になったんだね」

はるさんが、思わずそう言葉にすると、澄子さんは少し困ったような笑みを返して、語り始めました。

たくさんの勉強をしたけれど、楽しい勉強には出会えなかったこと。たくさんの仕事や、たくさんの人に会ったつもりでいたけれど、やってみたいことや、なってみたい人を見つけることができなかったこと。

日々忙しく働いていた澄子さん。気がつけば、心をくつろがせ黙ってそばにいてくれるような友だちさえいないことに、心を細くさせていたこと。

「森が呼んでくれたのよ」澄子さんはそう言いました。

「森が呼ぶ？」そう聞き返すと、澄子さんはゆっくりとうなずいて、あるまだ浅い夏の日のことを話してくれたのでした。

それは、ふらりと電車に乗ってみた日曜日のこと。山のふもとの小さな駅に澄子さんが降りてみると、駅の前には一本道がありました。その道をそろそろと歩いていくと、目の先にはこんもりとした森があって、その森がなんだか光を宿しているみたいだったのです。その光に吸い寄せられるように歩いてみると、そんなふうに引き寄せられていたのは澄子さんだけではありませんでした。

駅で降りたときはひとりだったのに、一本道を歩くうちに道ばたから人が現れては、その道を歩き出すのです。その人たちはとてもゆっくりと歩くので、早歩きがくせになっていた澄子さんも、いつのまにかみんなに合わせて、ゆるゆると森に向かって歩いていきました。

森の中に入り込むと、そこには見たこともないようなキノコや菜っ葉を売る人、桶に仕込んだ味噌を持ってきた人、夏蜜柑をごろごろと並べた人、そして何やら藁でこしらえたお飾りを売っている人が。そう、そこはまるで縁日のような市場だったのです。澄子さんは端からぜんぶを見てまわりました。

どれもがこの森の近くに住む人が作った食べ物や、暮らしで使うものばかり。どの売り手の人も優しい表情で、並べているもののことを教えてくれました。餡がたんと詰まった草団子、ちょっと酸っぱいお新香、双葉が愛らしい野菜の苗、黒く輝く鎌や鍬。どれもが作った人の前に置かれてあって、ぴかりと光の粒のように輝き、澄子さんには眩しいほどでした。

ひとりのおばあさんが、森の端っこで籠を並べていました。木の皮や蔓で編まれた籠やお弁当箱がおばあさんをぐるりと囲んで、まるで温かく守っているようでした。澄子さんは、そっとひとつのお弁当箱を手に取りました。お弁当箱を両手で抱えているうちに、澄子さんの心に懐かしいような切ないような、不思議な気持ちが込みあげてきたのです。

「どこから来たのかい?」そうおばあさんに声をかけられたとき、澄子さんは頬に伝った一筋の涙をぬぐうことができませんでした。けれどもおばあさんはそんな澄子さんに気づくふうでもなく、「そのお弁当箱は、この森で採ったくるみの木の皮で編んだばかりのものなんだよ。私が何十年もずっと編み続けている形でね」と言いました。見ればおばあさんのすぐ隣には、艶々と黒く輝くたっぷりと

した手つきの籠があって、その中には、使い込んで艶めいたおばあさんのお弁当箱も納められていました。

その日、澄子さんはおばあさんの横に座って、日暮れまでその森にいたのだそうです。お弁当のおむすびまで分けてもらって。この森のほど近くに生まれ育ったこと。もの心がついたときから、使うものを何でも作ってきたこと。その中でも、籠編みが一番上手だったこと。蔓や木の皮を亡くなったおじいさんと採りにいっていた日々のこと。おばあさんの話は汲めども尽きることなく続き、澄子さんの心の泉をこんこんと満たしていきました。

それから数カ月ののち、澄子さんはこの森のほとりにあるおばあさんの家に住むことになりました。おばあさんと一緒に暮らしながら、春は山菜を摘み、夏は野菜を育て、秋には実りを整えて、冬には籠を編みました。数年をそのように繰り返し、澄子さんがおばあさんと同じように籠が編めるようになると、まるでそれを見届けて安心したかのように、おばあさんは息を引き取りました。

おばあさんを見送ったあとも、澄子さんはその家で暮らすことにしました。不便なことがいくつもあっても、おばあさんと暮らしたこの家は、すでに澄子さんにとっては繭玉の中のように心地よかったのです。そして、手を掛ければ何でも生み出すことができる、森という宝物のような場所から離れてしまうことは、もう考えられなくなっていたのでした。


澄子さんと再会した日、はるさんはくるみの木の皮で編まれたお弁当箱を、ひとつ抱えて帰りました。それがそう、私なんです。日々使われ、食器棚で暮らしの道具の皆さんと一緒にいるうちに、私、はるさんがお店を開いたわけが、なんだかわかってきたんです。はるさん、澄子さんが出会った森の中の市場のような場所を作りたかったんだって。

誰かが大切に想いを込めて作ったものを、誰かがその想いを大切に受け取って使う。そうしたシンプルな佳きこととの巡りの中に、はるさんなりの役目を見つけようとしたのじゃないかしら。

おばあさんとの出会いから育まれた、澄子さんの豊かな想い。それに響いたはるさんの想い。暮らしの中で使うものを通して、想いが誰かに継がれていくこと。はるさんのお店も、食器棚も、そんな願いで満たされていたように思うんです。

白磁のスープボウル

手の記憶。

私が初めて目にしたものは手、でした。窯の扉が不意に開いて光が射し込み、その手が窯の中に入ってきたのです。節の太いごつい指。力強い腕。その手にしっかりとつかまれて、白磁のスープボウルである私は、外の世界に出てきました。私を作ったのは伸平《しんぺい》さん。当時は四十代半ばの陶芸家でした。伸平さんは出会いの縁に導かれるように、薪窯での焼き物にのめりこんだ人でした。

出会いの縁とは、ものと人とのこと。胸が締めつけられるほど魅せられた焼き物の数々。そして、それを作り出す人との出会い。心が惹かれるままに工房を訪ね、ときに住み込み、窯焚きの手伝いをしながら陶芸を学んだ伸平さん。学んできたのは、陶芸の技だけではありませんでした。

薪を集めて整えて窯の火にくべるまで。その一連の営みと日々の寝食がつながっていること。特定の師匠を持たなかった伸平さんでしたが、お世話になった幾人かの先達の生き方、暮らし方、そして作り方は、いつしか伸平さんの生き方、暮らし方、作り方に染み込んでいったのでした。

はるさんが伸平さんと出会ったとき、伸平さんはすでに私のような白磁の器だけを焼いていました。すでにというのは、以前の伸平さんは、釉《うわぐすり》を掛けない、焼き締めと呼ばれる器だけを作っていたからです。その焼き締めの器は、穴窯という原始的な窯で焼かれていました。伸平さんはその窯を築き、直しを重ね、薪を集めることにたっぷりと時間を注ぎました。そして、ろくろで形を作った器を窯に詰めて、一週間ほど昼夜を分かたず薪をくべて火を焚き続けたのでした。

けれど、力を尽くして窯出しをしても、器がうまく焼けないことの方が多かったのです。数カ月にわたって心血を注いだ結果が思い通りにいかないと、重い岩が心とからだに覆いかぶさったような日々が続きました。

それでも伸平さんが焼き続けていたのは、心が輝く瞬間に恵まれることがあったからでした。窯出しをして、被った灰から器を磨き出す。火の記憶が焼き付いたかのような得も言われぬ表情に巡り合えると、この世にこんな喜びは他にあるだろうかというたかぶりに包まれて、もっと美しい景色を器に見てみたいと、次の制作への展望に心がはやるのでした。

はるさんのお店で、伸平さんが作った白磁の器、そう私の仲間たちはたくさんの方に選ばれていきました。特に多かったのは、スープにまつわる形のもの。私のような鉢だったり、たっぷりとしたカップだったり。「カフェオレボウルにもスープボウルにもいいですよ」とはるさんはお客さんに薦めていましたね。それは、はるさんがスープづくりを習慣にしていたから。

はるさんのスープの基本はキャベツとセロリと長ネギ。軽く炒めて香りを引き出し、水を入れ、そこにあり合わせの野菜を投入して煮込むのでした。根菜、葉物、キノコ……。ブロッコリーの芯や面取りした大根や人参のかけらなんかも気にせず入れて。あまり決めつけないで手元にあったもので作るから、飽きなかったんじゃないかしら。でも、トマトは入れないようにしていましたね。味が一辺倒になってしまうからって。

大鍋で作った野菜スープを、はるさんは調理のたびに小鍋に移して味付けを工夫していました。お出汁と合わせて味噌汁にしたり、ミルクを足して洋風にしたり。お出汁も多彩に揃えていましたし、鯵を三枚におろしたときには中骨を、有頭海老を調理したときには、おかしらをショウガと合わせて風味豊かなスープをこしらえて。カレーやシチューのベースになったりもしましたね。

はるさんの野菜スープ。これは、仕事をしながら家族の食卓を支える柱だったのです。食はいのちの源。そのいのちを支えるスープを盛る器として、私たちはたくさん使ってもらいました。伸平さんの器自体に、健やかないのちを感じるからと。

そもそも伸平さんの白磁は、世にある多くの白磁器とはちょっと趣が異なっていました。白磁といえば、薄くて形が揃った清潔で端正な器が多い中、伸平さん

の白磁は、青みがかった白から黄みがかった白までうっすらと色合いに幅があって、厚みはややぽってり、形にも心地よい揺らぎがありました。

器にそのような表情が生まれるのには、仲平さんの窯に理由がありました。電気やガスといった安定した熱源で焼かれるのではなく、仲平さんの白磁は薪窯で焼かれたもの。大掛かりな穴窯での制作で培った経験を生かして、ほどよく小回りが利く薪窯を独自に築いたのでした。以前はどこか戦いを挑むように大きな窯に向かっていたものを、身の丈に築いた窯の前では、対話をするような心持ちで器を焼くようになっていたのです。

若さにまかせ、腕も脚も腰も酷使してきた仲平さん。その只中にあるとき、人は自分の若さの眩しさに気づかない。それは当たり前のことで、その時間が永遠に続くのだと。いや、そんなことさえ意識もせずに。けれど、若さの頂点から降り始めたあるところで、ふと気づいてしまう。昨日まで出来たことが難しくなっていくことに。

伸平さんはそう気づいたとき、諦めよりは卒業するような気持ちになったのではないかしら。やりたかったことをやりきったと。そう思えたからこそ、ギアを切り替えてみたんだと思います。これからの自分の時間を新鮮に豊かにしていこうって。伸平さんにとって、穴窯から身の丈の薪窯への転換が、きっとギアの切り替えだったのですね。

今、伸平さんの陶芸には、若さの盛りの頃に打ち込んだすべての経験が粒子のように詰まっているのだと思うんです。そして、こんな呟きを漏らしていたこともありました。

「ずっと自分が美しいと思うものばかりを追い求めてきたけれど、今はそれに加えて、使ってくれる人にも喜んでもらえるものを作りたい」

って。伸平さんが心地よく制作できるすべを探した先に、私たち白磁の器が生まれてきたんです。

手の記憶。

日々私に重なっていくその記憶は、食器棚を開けるいくつかの手の姿。はるさんのもの、お父さんのもの、陸君の手、菜津ちゃんの手。いくつもの器の中から私を選ぶ手が、私を働かせてくれるのです。そして、私に盛られたスープはきっと、家族の舌の記憶になっていくんでしょうね。

ひとりの人間が持たされた時間、その折々を懸命に生きていくこと。そのときならではの実りを重ねていくこと。

はるさんは工藝品というものに、人が精一杯生きてきた実りの結晶を見ていたのかもしれません。

リネンのテーブルクロス

この食器棚の引き出しに、ずいぶん長いこと私はおりますのよ。それでも生まれた国で過ごした年月の方が、まだ長いかしら。はるさんはヨーロッパに旅をしたとき、蚤の市で私を見つけてくれたんです。

私はリネンのテーブルクロス。大きな大きなテーブルに広げられて、ご馳走を並べてもらっていたんですの。家族の多い家でしたから、私のような大きなクロスがそれは役に立ったんです。でも、次々にご家族が亡くなって、大きなお屋敷は要らなくなってしまったんです。お屋敷と共に、家具も調度品も一切合財が売りに出されました。そのとき、蚤の市でお店を出す骨董屋のおばさんに、私は引き取られましてね。骨董屋のおばさんは、かなり汚れていた私を何度も何度も洗って、丁寧に糊まで付けてアイロンでパリッと仕上げてくれたんです。

はるさんの家で、私の役目はちょっと変わっていました。なんといっても、お食事中に働くのではないんですもの。

私の仕事は、食事のあと。使い終わった器をテーブルからキッチンに下げると、はるさんはまずダイニングテーブルをきれいに拭くんです。そしてその上に、さあっと私を広げますの。テーブルの上には真っ白な私だけ。そのとき、ああ、いつも白くきれいにしてもらって、なんて幸せ者なんだろうって思ったんですの。

私がそんなふうに思っている頃、はるさんは、洗い場でなんとも楽しそうに器を洗い出していましてね。きゅっきゅっと洗ってすすいで、器をどんどん水切り籠に伏せていく。さあ、そろそろ私の仕事。はるさんは乾いたフキンを手にして器を拭きあげ、それを私の上に一つひとつ置いていきますの。テーブルの上には、その日使った器がどんどん並ぶので、私はそれを受け止めて、乾くのを手助けするんです。

食器棚に戻す前に、風を通して器をちゃんと乾かしてあげるのが、はるさんの使った器への礼儀、いえ愛情だったんでしょうね。真っ白な私の上に置かれていく器は、それはさっぱり気持ちよさそうでしたよ。

長く働かせてもらってきて、気づいたことがありますの。私の上に並べられる器は、時が経つほどに美しくなっていくことに。新品のときより、使われるほどに風合いが増していくような。中にはうっすらと傷や欠けのある器もあったんですけれど、それでもなんというか、品があったんですね。それが最初の頃は不思議でね。

新しい器は、それだけで輝いている。美しい。人間さんたちもそうですね。若いときは輝き、美しさに満ちている。けれど、年月を経て、さまざまな経験を積む中で、どこかくたびれ、傷つき、欠け落ちていくものがある。そのときに分かれ目があるんじゃないかしら。くたびれ、傷があってもなお美しいものと、見劣りしてしまうものとの差が。

はるさんが使い続けたものたちには、使うほどに美しさが宿っていったように思うんです。たとえ、傷や欠けがあったとしても、それさえ風格や円熟味になるような。そこにあるだけで人の心が安らぎ、ほぐされていくような温かさ。人が大切に作ったものを、人が大切に使っていくことで育まれていく姿。

はるさんの家族に使われ、洗われた器が、よく乾くまでのひとときを過ごす布が私。働き甲斐のある仕事だったんですの。

＊

おばあちゃんが煙になって、空にまっすぐ消えていった日。私の家族と陸伯父さんの家族とで、おばあちゃんの家に行った。お母さんが食器棚を開けて、急須と湯呑みを出してお茶を淹れてくれた。思い出話をしながら、泣いたり笑ったり、私は少し眠ってしまったり。この家に来るといつも帰りたくなくなるのだけれど、今日はひとしおそう思った。

お母さんが、湯呑みを洗って洗い籠に伏せた。私は思い立って食器棚の引き出しを開けて、白い布を引き出した。

「おばあちゃんなら、きっとこうする」

そう思って、木のテーブルにその布をふわりと広げた。そして、布巾で湯呑みや茶たく、急須を拭いて、白い布の上にのせていった。何度も見た光景のはずなのに、今日はとてもさびしかった。それは、布の白さばかりが目立ったからだった。

私たちが訪ねていくと、おばあちゃんはたくさんの器を使ってもてなしてくれた。そして、その器を洗って水を切り、拭いてはこの布に伏せていった。さっぱりと洗われ、よく乾くまでのひと呼吸をしているような器の様子は、見ていてとても気持ちがよかった。どれもがおばあちゃんのお気に入りで、どれもがうれしそうできれいだった。

「あら、明希、いいことをしたわね」

泣きはらした目を優しく緩めてお母さんが言った。

「おばあちゃんもきっとこうしたわね。器をとても大事にしていたから。今日、みんなでお茶を囲んでから、器を食器棚に戻すまで、きっとおばあちゃんは喜んでくれているわ。この家にあるもの、食器棚にあるもの、すべてに私は育ててもらったのね。ここにあるすべてのものに、おばあちゃんの心が映っているみたい」

今度来たときは、一緒にゆっくり片づけをしようね、とお母さんが言った。おばあちゃんが大切にしてきたものを、ふさわしい人たちに分けていきましょうと。

それは、とても大切な仕事だと私は思った。

ものに宿った一つひとつの物語。それらを想い浮かべながら、その物語の続きを託す人へ。

おばあちゃんの食器棚。そこには、おばあちゃんの生きた姿が詰まっていて、そのどれもが、これからを生きる人への贈り物になるみたいだった。

あとがき

贈り物になる本を作ろう。
たとえば、おばあちゃんから娘や孫へ。

この物語の「食器棚」の持ち主の名は、はるといいます。「はる」というのは、大好きだった母方の祖母の名から引きました。六十歳と早くに旅立ってしまいましたが、私がちょうどその年齢でこの物語を綴り、執筆の最中には、母の看取りが巡ってきました。つながってきた命への感謝と、失われた命への哀惜。誰もが姿を消していくという現実に打たれながら、一層命の喜びを感じ、のこしていくものの在り方を思いました。

人もいずれ土に還る。ならば、共に土に還るもので、よきものに出会いたい。それは永遠に持ってはゆけないものだけれど、よきものと結ばれた時間の幸福は、生きている者の心を確かに照らす。

この仕事を続けていく中で、私が「よきもの」と感じるのは、そんなものだと思う。

（『手しごとを結ぶ庭』アノニマ・スタジオ）

初めての著作の中で綴った文章は、今も心の柱にあります。

作り手から使い手へ。工藝品を紹介し、手渡す仕事と出会って四十年近くになりますが、その間に出会えた多くの作り手と使い手が、今の私を作ってくれました。手渡してきたのは「もの」でしたが、そこにはいつも「想い」がありました。現代に工藝品を作って生きていくことは、何らかの想いがあってこそ。作り手の想いに響き、感じ入り、ときに問いながら重ねてきた工藝にまつわる時間の中で、私の食器棚とその周辺には、たくさんのものと想いが集まりました。

この物語のエピソードは、日々を心豊かに生きたいという願いと、作り手への共感とエール、感謝を込めて綴りました。

工藝品や作り手を瑞々しく描き出してくださったのは、大野八生さん。十五年来「ニッケ鎮守の杜」の庭づくりに共に励み、「工房からの風」のメインビジュアルを描き続けてくださった八生さんの絵があってこその物語となりました。

そして、『婦人之友』誌とｗｅｂへの連載から書籍化までを伴走してくださった編集の山下謙介さんをはじめ、婦人之友社の皆様に多くのお力をいただきました。

『おばあちゃんの食器棚』にのこされたものが、贈り物のように世代を超えて伝わっていくことを心から願っています。

装丁
鳴田小夜子（KOGUMA OFFICE）
本文デザイン
矢部夕紀子（ROOST Inc.）
DTP
大森弘二（ROOST Inc.）

おばあちゃんの食器棚
2024年10月25日初版発行

著者　稲垣早苗

発行所
株式会社 婦人之友社ライフサービス
〒171-8510
東京都豊島区西池袋 2-20-16
03-6914-1978

発売元
婦人之友社
〒171-8510
東京都豊島区西池袋 2-20-16
03-3971-0101

印刷・製本　シナノ書籍印刷株式会社

ISBN 978-4-911401-00-2

文・**稲垣早苗**（いながきさなえ）

日本大学芸術学部文芸学科卒業後、出版の仕事を経て、俳句修業のために金沢に移り住み、工芸ギャラリーの仕事と出会う。

帰郷後、日本毛織㈱に入社、直営工芸ギャラリーの設立を提案し、ディレクターとして勤務。2001年より野外クラフト展「工房からの風」、「ニッケ鎮守の杜」の企画運営に携わる（メセナ大賞・グッドデザイン賞受賞）。2006年日本橋浜町に「ヒナタノオト」を開店。現在に至る。

著書に『手しごとを結ぶ庭』、『北欧の和み——デンマークの扉をあけて』、『工房からの風』（いずれもアノニマ・スタジオ刊）。

https://musubuniwa.jp
https://www.kouboukaranokaze.jp/
https://www.instagram.com/hinata_note/

絵・**大野八生**（おおのやよい）

イラストレーター・造園家。1969年生まれ。園芸好きの祖父のもと幼い頃から植物に親しむ。造園の仕事を経てフリーに。現在イラストレーターと造園家として活動。『夏のクリスマスローズ』（アートン新社）、『にわのともだち』（偕成社）、『盆栽えほん』（あすなろ書房）など著書多数。2016年より隔月刊誌『明日の友』（婦人之友社）の表紙絵を担当。